紫文《シモン》式

都々逸のススメ

柳家紫文

柳家紫文

Yanagiya Simon

集英社

口上

紫文《しもん》が都々逸《どどいつ》の本を書いたと聞いたら、

「なんであいつが書くんだ」と言う人が、

イッパイいるだろうねえ。

都々逸なんて自分の会以外ではほとんどやらないし、

寄席《よせ》でもやってないものなあ。

と独り言…。

目次

装丁／小林満（GENI A LÒIDE）
カバー写真／松村秀雄
本文デザイン／鶴見雄一

紫文式都々逸のススメ

Do《ド》 Do《ド》 it's《イツ》

序章●まずはカッコをつけて「都々逸」

「都々逸」と書いて「どどいつ」と読みます。

って読めませんよね、これ。

「都々逸？　知ってますよ」という人でも「へえ、字で書くとこうなんですか」といわれるくらいだから。

こんな当て字、普通は読めない。


そしてこの「都々逸」、実は「唄」です。

でも、その歌詞である「文句」が面白いので「文句」だけが一人歩きしていますが、元々は唄。

江戸時代も終わりの頃、都々逸坊扇歌《どどいつぼうせんか》という芸人が寄席で流行《はや》らしたもの。

ですから今でも寄席では三味線持った芸人が、

「寄席でお馴染《なじ》みの都々逸を…」

なんていって唄っています。


しかしこの「都々逸」、今では寄席以外まったくお馴染みでない。

知らないでしょ、みなさん？

知っているのは寄席やお座敷に通っている人と好事家《こうずか》くらい。

ついこの前まではお座敷あたりでよく唄われていたけど、遊んだ人の大半はお座敷から鬼籍《きせき》のほうへ行ってしまったようで…。

街のどこからか流れてくるわけでもないし、もちろんカラオケにも入ってないし、唄う人がいない。

だから「都々逸」なんて知らないのが当たり前。


でもこの「都々逸」、知られてないけどあなどれないんですよ。

知らないといってもたいていの人は「都々逸」を知っています。

というか、ほとんどの日本人が「都々逸」を知っているか、知っていることを知らないんです、これが。

そうですね、紫文がガキの頃は教科書にも載ってました。

ザンギリ頭を　叩いてみれば　文明開化の　音がする

そこそこの世代なら（どのくらいなんだか…）きっと記憶の片隅にあるのではないでしょうか。

そして日本人なら誰でも知ってるこの言葉。

立てば芍薬《しゃくやく》　座れば牡丹《ぼたん》　歩く姿は　百合《ゆり》の花

これ都々逸なんですよ知らなかったでしょ⁉

では、これは？

信州《しんしゅう》信濃《しなの》の　新そばよりも　あたしゃあなたの　そばがいい

聞いたことあるでしょ、きっと。

でもこれが「都々逸」だということを知らなかっただけ。

「都々逸」は唄としては知られていませんが、その文句では良く知られていたりします。

何故かというと、「面白いから」。

庶民のオトナのお遊びとして受け継がれてきた「都々逸」。
難しいことは言いません、とにかくこの本を読んでいただければ「都々逸」ってこんな
面白いものだったのかとおわかりいただけると思います。

はじめに言っておきますが、この面白さは高級なものではありませんよ。
都々逸はもとより俗謡です。
俗という漢字には低俗という言葉はありますが、高俗という言葉はありません。
低いはあっても高いはないのです。

くだらないものかもしれませんが、俗であるからこそその「力」が都々逸にはあります。

そう、「低俗は力なり」というでしょ!?

その壱
都々逸はじめの一歩編

まずは七七七五ワールドの手ほどきです。

恋にこがれて　なく蟬よりも
なかぬ螢が　身をこがす

恋の相手を求めてなき続ける蟬。
音も立てずにじっと光り続けて恋の相手を待つ螢。
声張り上げて好きだの嫌いだの、と言ってる女性よりも、「思いを胸に」しまっておく
女性の思いのほうが強い、っていうわけですが、まあいうだけヤボ。
でもこれを言うとぶち壊しですが、なく蟬も、光る螢も、どちらもオスなんですね。
まあ身をこがすのも、じっと耐えて待つのも、女とは限らないのが昨今で…。

根も葉もないのに　枝まで添えて
ふたりの噂に　花が咲く

「噂話に花が咲く」と「根も葉もない噂」、二つの常套句《じょうとうく》に「枝」までそえた欲張りな都々逸。

それにしても人の噂ってのはホント広まるのが早いもの。あっという間に花盛りになる。

ただ、根も葉もない噂といっても花が咲くには必ず「タネ」を撒《ま》かないといけないわけで。

どっかの輩がかってに撒くならともかく、実は噂の当人達が畑に「タネ」を撒いた結果が、タネならぬネタ元なんてのがよくありそうで…。

松という字は　木偏に公《きみ》よ
公が離れりゃ　木が残る

都々逸は元々唄だから、唄えばすぐに面白いってわかるんだけど字面だとねえ、分かりにくくて…、う～ん残念。


説明などいらないと思いますが蛇足で書けば、こういうことです。

松という字から公を取れば木が残る。これを使って公は「君」、木は「気」に掛けて、「あなたがいなくなってとても寂しい」と言ってる。もちろん「松」も「待つ」に通じてる。

男と女の間では至極あたりまえの、ありふれた感情なんだけど、こんなふうに表現されるとぐっと深く感じるのはなぜでしょう。

ともあれこういう言葉遊び、洒落《しゃれ》てるでしょ。

これと同じように漢字を元にした都々逸で、

「櫻《さくら》」という字を　分析すれば　二貝（二階）の女が　木（気）にかかる

なんてのもあります。

でも今どきこんな「櫻」という書き方しないから、唄ったらわからないよなあ……。

紫文's コラム

都々逸のススメ　1

短歌や俳句、なにするものぞ。

都々逸というのは、「七七七五」が基本です。
でも、「五字かぶり」といって「五七七七五」のものもある。
「なんで？　おかしいじゃないか」と言われますが、まあここらへんが「唄」である
という所以。

「五七五」から始まる短歌や俳句、川柳が主流の現代では「七七七五」の形が不思議に感じますが、ちょっと前までは短歌どころか俳句、川柳よりも都々逸の「七七七五」のほうが庶民には身近だったんです。

民謡の文句を思い出してみてください。
ちょっと頭に浮かぶだけでも、

さんさ時雨《しぐれ》か　萱野《かやの》の雨か　音もせで来て　濡れかかる　（さんさ時雨）
佐渡へ佐渡へと　草木もなびく　佐渡はいよいか　住みよいか　（佐渡おけさ）
天竜下れば　しぶきがかかる　持たせてやりたや　檜笠　（天竜下れば）

五万石でも　岡崎様は　お城下まで　船が着く（岡崎五万石）

伊勢は津でもつ　津は伊勢でもつ　尾張名古屋は　城でもつ（伊勢音頭）

阿波《あわ》の殿様　蜂須賀《はちすか》公が　今に残せし　阿波踊り（阿波踊り）

土佐の高知の　播磨屋橋《はりまやばし》で　坊さんかんざし　買うをみた（よさこい節）

雨は降る降る　人馬は濡れる　越すに越されぬ　田原坂（田原坂）

どうですか〜、いくらでも出てくるでしょう！

しかも日本全国！

実は「七七七五」の形は庶民が唄っていた民謡、俗曲、流行歌のたぐいをいう「俗謡」の基本形なんです。

そんなわけで結論。日本の庶民の唄は七七七五が基本なのです。

お酒のむ人　花ならつぼみ
今日もさけさけ　明日もさけ

とても有名な都々逸です。

「さけ」はおわかりのように「咲け」と「酒」に掛けているわけです。が、これは本当のところ、たいした都々逸じゃあない。だけど、こういう軽くて単純なものがまたとても都々逸らしくていいのです。

そうそう、都々逸って、日本全国同じ文句で唄われるのかと思ったら、そうじゃないんですね。

この都々逸も北海道では、こう唄うんだそうで。

お酒のむ人　花ならつぼみ　今日もシャケシャケ　あすもシャケ

失礼しました……。

お供《そな》えは　二つ重ねて　仲よいものよ
末は焼いたり　ふくれたり

この都々逸、大好きなんでよくやります。

一言で言えば紫文の「もちネタ」、ってわけです。

これなんてほほ笑ましい夫婦って感じですごくいい。

都々逸は「情歌」なんて言われたりするんですけど、そう言われるとなんかイメージを固定されるようでどうもいただけない。

情歌と言われたら、こういう楽しいものって思い浮かばないでしょ。

人間いろいろ、都々逸もいろいろですよ。(ってどっかで聞いたような…)

やつれしゃんした　三日月さまは
それもそのはず　やみあがり

これって、はかない色っぽさがありますよね。

何も言わなくてもこの三日月は女性です。

三日月には何故か女性のイメージがありますけどそりゃそうですよ。

だって「闇《やみ》あがり」の男は怖そうだし、「病みあがり」のやつれた男じゃあ絵にならない。

ところで「三日月」という事は、三日前が月の終わりで晦日《みそか》。晦日ということは月が出ない闇夜だということ。

だから、闇あがり。

それがわからないと、この都々逸の面白さも半減してしまう。

ってなわけで旧暦、月齢では晦日は必ず「闇」ということになるわけですが、「晦」という字には「暗い」という意味があるらしいです、はい。

あついあついと　思っていても
三月もせぬうち　秋がくる

蛇足だと思いますが、「秋がくる」は「飽きがくる」と掛かっています、はいおわかりですよね。

完全なダブルミーニングになってますが、こういう上手いのに出会うと、実はくやしい紫文です。

親の気に入り　私も惚れる
粋で律義な　人はない

娘の将来を考えると、親は真面目でお堅い男がいい。娘としてはカッコイイ男がいい。「堅くてカッコイイ男」。英語で言えば「ハードボイルドな男」。(違うか……)とにかく、親と娘の条件を兼ね備えた男は、なかなかいるもんじゃない。

でもこれからはどんどん変わってくるような気がしますね。

母親の気が若くなってきていますし、テキトーでも食べられる世の中なので、カッコ

よくて粋な男は大歓迎になるかもしれません！

信州信濃の　新そばよりも
あたしゃあなたの　そばがいい

都々逸なんて知らない人でも、きっと聞いた事があるでしょう。

でも知られているというだけで、内容は、というと正直今一歩だと思うでしょう？

じゃあなんで有名なのか。

要はわかりやすい、語呂がいい、ということでしょうね。

粋だなんだとかいいますが、都々逸ってのは要はお遊び。しょせんこんなもの、ってところで楽しむものじゃないかと…。

夢にみるよじゃ　惚れようが薄い
真に惚れれば　眠られぬ

「夢にみる？　ふふふ、まだまだ甘いな…」というところかな。

だってねえ、「夢は覚めるもの」だし。

昔は「恋煩《わずら》い」なんて病があったくらいで、惚れるとなったら命がけ。

お医者さまでも　草津の湯でも　恋の病は　治りゃせぬ

なんて言われてましたからねえ。

ところが今はどうです？　惚れるのも早いが覚めるのも早くて、恋の病なんてなっている間もない。

そのうち若い子は「恋の病」という言葉も知らなくなって、「恋の病って、下のビョーキの事!?」、なんてフツーに答える時代が目の前に来てるかも。

この袖で　ぶってあげたい　もし届くなら
今宵のふたりにゃ　じゃまな月

もちろん満月ですよね、この月は。

三日月だと、ぶった時に袖が引っ掛かって破れてしまうし。

夜道は危ないですから、歩く時は明るいに越したことありません。が、いつも明るければいいってわけじゃない。デートの最中は、どうも都合が悪い。

暗いほうが断然良いわけで（実に人というのはわがままなもの…）、となると月はない方がいい。

月がないのを幸いに、ふたりで内緒のことをすると、なぜか「月のもの」がなくなる……。

顔見りゃ苦労を　忘れるような
人がありゃこそ　苦労する

恋愛上級編とでも申しましょうか、紫文の好きな都々逸のひとつ。

ちょっとした言葉遊びなのに、思わず「そういうもんだなあ…」と感じ入ります、これは。

男と女、人生まで語ってる。だけど押し付けがましくなく、理屈っぽくもない、あくまで言葉遊び。

都々逸って、スケベなだけじゃないでしょ。

三味線枕に　あなたとふたり
バチのあたるまで　寝てみたい

「バチ」はもちろん「罰」と三味線の「撥」。

でも、こう言っちゃなんですが、三味線を枕に寝るってのは…。う〜ん、どうでしょう?!

あの形ですよ、枕にしたいですかぁ〜?

それに、三味線に二人で頭を置くと、まず駒がつぶれる、棹が折れる、皮が破れる。

つまり壊れてしまうわけで…。

罰があたるとかじゃなくて、枕にするのはほとんど不可能。

三味線弾かない人が作った都々逸なんだろうなぁ。

と言いつつも、都々逸ってそれらしく聞こえるもんだよねえ。

お酒のむ人　芯からかわいい
のんで管巻きゃ　なおかわいい

あまりいないでしょう、管巻いてなおかわいい人なんて。

たいていかわいくないし、たいてい迷惑。

かわいい人が管巻くからかわいいもの。

自分たちを肯定するだけの文句なんだけど、なんとなくそんな感じがしてうなずけちゃうのが、都々逸の不思議なところ。

こぼれ松葉を　あれ見やしゃんせ
枯れて落ちても　ふたり連れ

これは都々逸としてよりも民謡の文句としてのほうが有名かな。
人生の最後まで二人連れ、それが幸せだったんですよね……。

墓場まで一緒だったのが、

「一緒の墓に入りたくない！」

になり、

「定年で離婚！」

になり、

「子供が成人するまでの我慢」

になり…。
しかも、そのほとんどが女性からの要望。
そして今は高齢化社会でもあり、みんなそう簡単には枯れません。
こぼれ松葉どころか松ぼっくいに火がついたりして……。

花は口実　お酒は道具
酔ってしまえば　出来心

きっかけは映画でも、遊園地でもなんでもいいんだけど、なんといっても花見が一番。
酒がセットになってますから。
その後はおまかせ…。

親の意見と　ナスビの花は
千に一つの　無駄はない

こういうものは小中学で教えたい、なんて思ってましたが…、どうもダメらしい。
今どきは親の方がどうしようもないなんてのが多いらしくて。
どんどん経験・失敗して覚えていくのが一番。
親の意見もそうだけど、やってみて無駄なことはないいんだしね。

都々逸のススメ　2

作ってみましょう。Do Do it's!

そんなわけでどうです、あなどれないでしょこの「七七七五」は。

『よさこい節』の文句で『天竜下れば』が唄える。

というより日本全国の「七七七五」の形の民謡なら、どの曲でも、どの歌詞でも唄うことが出来ちゃうんだからとっても便利。

日本人て頭いいねえ。

互換性のないハードやソフト売ってる企業に教えてあげたい日本人の知恵だな、これは。

旅で訪れた土地で、その土地の方と、その土地の唄を、その土地の文句だけでなく、自分の故郷の唄の文句を入れて唄ってみる、なんてのも相手に喜ばれたりしていいものじゃないかなあ…。

と、話はそれてしまいました。そうそれで、日本全国に七七七五の唄がいっぱいある、ということはどういうことか？

日本人は「七七七五」の言葉の形にとっても慣れていた、ということです！

ついこの前まではこちらのほうがあたりまえ、ごく普通だった。

たぶん当時の庶民は五七五の形なんて、江戸や京、大坂などの都会にでも住んでないかぎり知らなかったんじゃないかな。

ところがあたりまえにあった唄がいつのまにか唄われなくなってしまって、あたりまえだった語感があたりまえにわからなくなってしまった。

だから都々逸を作ってみようとしてもなかなか出来ない。

とにかく形だけでも七七七五と言葉を並べてみるだけでいいといってもなかなか出来ない。どうしても短歌や俳句のようになってしまう。

短歌や俳句の知識がじゃまになって素直に言葉を並べられないんです、これが。

ふだん学校で勉強したことなんてなんにも覚えてないのにね、ホント不思議…。


そんなわけですが、これからはぜひぜひ都々逸を作ってみましょう！

なんたって元々こちらが日本全国共通版。

ですから、都々逸は自分のオリジナルが一つできれば、都々逸としてでなく日本全国の民謡に合わせて唄えるというすばらしいソフトなんですから！

早く出雲に　飛脚をたてて
結び違いの　ないように

なんか結び違いが多いんじゃないかと思いますよ、実際。

神無月《かんなづき》、出雲では神在月《かみありづき》の陰暦十月に、日本中の神様が集まって一ヵ月の内に日本中の婚礼一年分をまとめないといけないんですって。神様も大変ですよ……。

赤い糸がうまく結べたときはいいですが、糸がこんがらかったりすることも沢山あるらしい。

神様も疲れてくると、三本の糸がこんがらかっても面倒くさいからこれでいいや、なんて結んじゃったりするらしい。

そういうのが三角関係になるそうで。

また男同士、女同士で結んじゃったり。

でも神様のやること、すべてが神の思し召し。なるようにしかならないようで…。

和歌は雅よ　俳句は味よ
わけて都々逸　心意気

その通りのものもあるけど、心意気のない都々逸もまた多いしねえ。
でもそれもまた都々逸、なんだってあり。
だから都々逸っていいんだよなあ。

帰しともない　お方が帰り
散らしともない　花は散る

その気になれば、花は散らないようにできる。ドライフラワーになるから。
でもそれは本物じゃないですよね。
人に例えればミイラってことだもの。
そう考えると、ドライフラワーが好きっていうのは、ミイラを愛でていること。
するとドライフラワーが好きってのは…。

帰しともない　お方が帰り　帰りゃいい人　帰らない

ってのは、良くある話です…。

朝顔が　頼りし竹にも　ふり落とされて
うつむきゃ涙の　露ぞ散る

朝顔はふり落とされても下向きに生きる。
え？　「ひたむき」じゃなくて「下向き」？
「ひ」と「し」が違うんじゃないかって？
それはしょうがない、都々逸は江戸っ子の唄だからねえ。

樂は苦の種　苦は樂の種
ふたりしてする　人の種

悩みの種に、シャクの種、生きてくうちに増えてくる。
もともとが種なんだから、増えていくのがあたりまえ。

道の草　人に踏まれて　一度は寝たが
人の情けで　また起きる

「道の草」は自分で起きると思いますが…ネエ皆さん。

そういえば「道草」という言葉を最近は聞かなくなったけど、今の子供たちって「道草」するのかな？

初手は冗談　なかごろ義理で
今じゃ互いの　実《じつ》と実

ひょうたんならぬ、冗談から駒、という感じですが、もっといろいろだよねえ、皆さん。だって端から「義理」で付き合い始めるなんて良くありそうだし、「実と実」の後にも「義理の付き合い」がありそうだし。

すると初手が「義理」で、中頃も「義理」で、最後も「義理」⁉

ま、人は義理を欠いてはいけないからいいか……。

から傘の　骨の数ほど　男はあれど
広げてさすのは　主《ぬし》ひとり

そういう思いの相手がいる女性はいいけど、男日照りの場合はどうでしょう？
濡れることもなくカサカサ⁉

ちょいと見たとき　させそうなようで
広げてさせない　破れ傘

はじめに知ったのは、

ちょいと見たとき　させそうなようで　させそうでさせない　破れ傘

という文句だった。他にも、

させそでさせない　させそでさせない　させそでさせない　破れ傘

なんてのを聞いたことあります。

しかし舌噛みそうだな……。

都々逸はなぜか傘が好き。

岡惚れ三年　本気で二年
思い叶って　二分半

「いいなあ～」とあこがれて三年、その思いが本気になってなんとかしようと二年。
食事に、映画に、プレゼントもしたでしょう。
金もかけたし時間もかけた、右折五年！　いや苦節五年！
そしてその甲斐あって思いが叶った。
それが「二分半」。
笑っちゃうようだけど、考えてみれば男ってこういうもの。男の業《ごう》だよなあ。
すべてがその二分半のために……。

巻き煙草《たばこ》　体まかせて　口まで吸わせ
灰になるまで　主のそば

これはキセルで吸うのがまだ普通だった時代のものでしょう。

でも、キセルは一服吸って「ポン」と捨ててしまうからね。最後まで吸う紙巻き煙草にかけてみたんでしょうね。

紙巻き煙草、今はただ煙草といえば紙巻きのことですが、これも昔と違います。

まずフィルターがついている。

病気がコワイのでフィルター付き、安易に体はまかせません。

吸う側もちょっと吸ってすぐ捨てたりしますからねえ。

灰になるまで一緒にいるにはいても「灰になったら別の墓」だったり…。

灰になるまで一緒にいたい、と思い続けられたらホントに幸せなんでしょうが…。

都合が悪いと　ほらすぐ煙草
そうしてわたしを　煙に巻く

煙草というのは実に重宝で、慌てた時に一服して間を取れる。
ごまかすときには実に便利な道具です。
ただ、煙に巻こうと思っても女は勘がいい、簡単にはいかない。
中条きよしじゃないけれど「折れたタバコの吸殻で」嘘がバレるわけ。
でも、どうして吸い殻で嘘だとわかるのか知っていますか？
それは「もみ消し」てるからです、はい。
でも男もはなから煙に巻こうと思ってるんじゃないんですよ。
女がつまらない事に火をつけるからでね。
禁煙の時代です、煙たい女と嫌煙されぬ、いえ敬遠されぬよう…。

その弐
都々逸オトナですもの編

オトナならではの艶を御鑑賞ください

命の洗濯　たまにはいいが
洗濯しすぎて　縮めるな

右を向いても左を見てもストレスだらけ。

たまには命の洗濯でもとリフレッシュ。結構です。

が、男の命の洗濯はどうも行きすぎるきらいがありますね。

モノがよければそうそう縮まないでしょうが、命のクリーニングもそこそこドライにしないといけません。

売り切れせまると　言われてきたが
せまってきたのは　売れ残り

売り切れせまるなんて言われると、買わなきゃ損と思うもの。

でも売れ残りがせまってきたら。

さあ、あなたはどうしますか……。


自分に合った男（女）でなければあえて結婚しなくても、なんていう考えも最近はあたりまえ。

確かにそうだけど、そういう思い通りの相手なんか、めったにいないよね。

思い通りの相手が、思ってた通りとは限らないし。

思い通りでない相手とくっついても、そこそこうまくいったりするもの。

男と女は、やってみなけりゃわからない。

世間渡らば　豆腐のように
豆で四角で　柔らかで

「田舎《いなか》の豆腐は美味しかったなぁ…」

ふるさとは豆腐にありて思うもの…。

「あのころは汽車も走っていたし…」

豆腐で汽笛を聴きながら…。

丸いタマゴも　切りよで四角
物も言い様で　角が立つ

こういういい言葉があるんだからみんな覚えてほしいよなぁ。堅苦しく言うよりもこういう文句がいい。

こういう言葉が口からすっと出てくるとモノがわかってるように聞こえるしねえ。

これからは意外と教育に役立つかも。都々逸の文句ってちょっと難しいことでも語呂よく洒落にして、面白く表現してるから。

情歌だのなんだのと言われたものだと考えると、時代が変わってきたんだろうなあ。

既にマンガは教育に使われているからねえ。

九尺二間《くしゃくにけん》に　過ぎたるものは
紅のついたる　火吹き竹

い〜い都々逸ですよね。日本人の美しさを見るみたいな、ホントにいい都々逸。でも今じゃわかりにくくなってしまったけど……これがわかる日本人になりましょう。説明要りますよね、これ？

「九尺二間」は長屋の一間。広さは全部ひっくるめて六畳分の部屋。せま〜い、びんぼ〜、なわけです。

そこに「紅のついたる火吹き竹」がある。台所仕事をしている時にも紅をつけている。という事は、もちろん古女房じゃないですよ、新婚さんなわけです。

そんな「九尺二間」に「紅のついたる火吹き竹」、ね、過ぎたるものでしょ。

君は吉野の　千本桜
色香よけれど　木が多い

沢山に見えても実は見かけ倒し、なんでかと思ったらみんなサクラだったりして…。

お酒のみたい　酒屋は遠い
買いに行けるが　銭がない

じゃ近くても同じじゃないかあ〜！

そうそう、最近はごっちゃになっているけどお金と銭は違うんだよね。
大きいのがお金で、細かいのが銭。

山のアケビは　何見て開く
下の松茸　見て開く

そんなアケビに惚れました…。

この雪に　よう来なましたと　互いに積もる
思いの深さを　さしてみる

日本人だねえ。フランス人なら来ないもの。
だって「雪は降る　あなたは来ない」でしょ。

声に出して読む都々逸！

都々逸は耳で楽しむもの。

ですから是非声に出して読んでください。目で読んだだけでは「だからどうした」という低俗なダジャレみたいなものも、声に出すとまた違う味わいがあることに気づきます。

声に出すから、音と時間がある。この「音と時間」が大切なんです。

紫文は仕事柄、言葉を扱うことがほとんどだけど、言葉って耳をちょっと研ぎ澄ませて意識すると楽しいですよ。

普段の会話でもそう。音を意識するといろんな事を感じられる。

例えば「雷」って言葉。

漢字で書けば「雨に田圃《たんぼ》」、それはそれでナルホドと思うでしょ。

でも「カミナリ」という「音」だけを感じてみると、もしかしてこれって「神鳴り」なんじゃないかって思えてくるんです。

昔の人は「カミナリ」は、天から降ってくるものだから「神の音」として考えたんじゃないか、って。

ではもうひとつ、「髪の毛」。

「カミ」は「髪」で「ヘアー」の事だと当たり前に思うでしょ。

でも「カミノケ」という音だけで感じてみると、もしかしてこれって「上の毛」なんじゃないかと思えるんです。

実は「カミノケ」の「カミ」は「上」の意味で、「髪」「ヘアー」の意味じゃないんじゃないか、これは。

てっぺんにある、つまり上（ウエ）の毛だから「カミの毛」。


そう思うと「カミナリ」も、もしかして「上で鳴る」から「カミナリ」、「上」はもちろん「天」に通じるし。だから、「神」と「上」は同じ意味なんじゃないかと。

そうなると「天（あま、あめ）」は、空から降る「雨」と言葉のルーツは同じじゃないのかと。そんなふうに広がっていく。

すごく面白いと思いませんか？

漢字を当ててしまうと、漢字としての意味、つまり中国の意味はわかっても、日本の言葉である「やまと言葉」の感性が逆にわからなくなるところもあるのかなあ、と思ったり。
言葉を音で聞いていると、ホント言葉は面白いなあって思えるんですよ。
考えてみれば、もともと言葉は「音」なんだものね。
文字はず～っと後になって出来たものなわけだから。

さわぐ烏に　石投げつけりゃ
それてお寺の　鐘が鳴る

鐘がゴーンと鳴りゃ、カラスもゴーン（gone）
「鐘と共に去りぬ」（GONE WITH THE BELL）

医者の頭に　雀がとまる
とまるはずだよ　やぶじゃもの

白髪頭に　雀がとまる　これがホントの　白・發・中（ハク・ハツ・チュン）**！**

飲んだら乗れぬと　わかっていても
飲まなきゃ乗れない　この相手

本当は「飲まなきゃ口説《くど》けない」ってことのほうが多いんじゃないかな。
日本の男は気が弱いから……。
強がってこういう風に言いたいだけなんですよ、わかってくださいね、女性の皆さん。

酒に酔うまで　男と女
トラになるころ　オスとメス

男と女、しらふでいる間は、お互い常識的に常識的な距離があるもの。

それがお酒が入るとその距離が消えるんですね。

オスとメスというケダモノになってしまったりするらしいです。


その手の強い男、お盛んな男をよく「ケダモノのような奴」などと言いますが、これは動物に対して実に失礼ですよね。

人間以外の動物にサカリが来るのは年に一、二回。

人間はというと、年中のべつ幕なしなんですから。


そう考えると、いわゆるお盛んな、スケベな人ほどもっとも人間らしい、ということになり、その人間が、万物の霊長ということであるとすれば、一番進化してるのは「好き者」ということですね。

好きな酒　もっとのませて
あげたいけれど
のんだら今夜も　まただめね

どっちか取らないといけない、惚れた女のジレンマ。

でも男にとっても酒とセックスは、やっぱりジレンマ。

酒を使って女を口説き、なんとか女を連れ込んでもアッチのほうが奮い立たないなんてのはよくある話。

あっちを立てればこっちが立たず。

うまくイケない、いいえ、いかないもんです。

赤い顔して　お酒をのんで
あとの勘定で　青くなる

帰りゃ女房がイエローカード!!

酒をのみとげ　浮気をしとげ
ままに長生き　しとげたい

そうなりゃいいけど、

酒はのめない　アッチもダメよ　ただただ長生き　してるだけ

こうなるのがオチ。

思い切れとて　五合升《ごんごうます》投げた
これが一生の　別れます

「一生の別れます」は「一升の別れ升」。だから「五合升」(一升の半分)という語呂合わせ。

小料理屋さんなどでも、こんな語呂合わせありますよね。

「春夏冬二升五合」

「春夏秋冬」の秋がなくて「あきない」、二升で「ますます」、五合は一升の半分で「はんじょう」。読みは「商い益々繁盛」と相成るわけで。

腹の立つときゃ　茶碗で酒を
飲んでしばらく　寝りゃなおる

古今東西、酒はストレスの解消薬。

腹の立つのは　なおったけれど　気持ち悪くて　起きられぬ

胃薬くれ〜！

すねてかたよる　ふとんのはずれ
惚れた方から　機嫌とる

惚れた方が折れるわけですが、「HORERU」は「H＋ORERU」。
折れるにはHが要るわけなんです。

ダブルベッドを　間においてすわる所も　ないふたり

新婚さんでしょう、部屋が狭いのにダブルベッドがおいてある。

はじめは買いたいんだよね、こういうもの。

「どうするんだよ、座るとこもねえじゃねえか！」

「じゃあ、寝ましょうよ〜」

なんてね。

昔より住宅事情がよくなったとはいえ、それ以上に今は物が多い。物だらけで、落ち着いて生活できないような場合もある。

四角い火鉢を　間に置いて　まるくおさまる　夫婦仲

あまり物がない方が幸せそうなのはなぜでしょう…。

紫文's コラム

野暮は承知で…

きっかけはラジオでした。

都々逸をはじめて聴いたのはラジオ。中学生の時でした。

なんの番組だったんだろう。

何か不思議な面白さがあったのをよく覚えてる。

昭和四〇年代半ばくらいにはみんなラジオを聴いていましたよね、そんな時代でした。
紫文ももちろんその一人。ただ同級生達が聴くのは深夜放送がメインだったけど、
紫文は朝から夕方の番組がメイン。

どうしてかと思うでしょう？

実は学校、行ってなかったんです。

元祖引きこもり、かって？

引きこもりといえば引きこもりだけど、引きこもっていたのは病院内、そんなわけです。


当時は病室にテレビなんてなかったので、それこそ寝てる時以外は（っていつもベッドの上で寝てるんだけどね…）いつもラジオのスイッチを入れていました。

だってそれしか娯楽がないんですから。

ラジオはいろんな世界を見せてくれました。紫文にとって学校のようなものだったんです。演芸番組もたくさんありました。朝から浪曲なんて聴いたり。中学生が朝から浪曲なんて聴かないでしょ、フツウ。

永六輔《えいろくすけ》さん、小沢昭一《おざわしょういち》さんの番組など、ホント面白かったし勉強になりました。こうして演芸の世界に入ったのも、今から思えばラジオを聴いていたからなんでしょうねえ。

そんなラジオが先生だったので、どうも紫文は「活字」より「音」の言葉のほうがいい。ピンとくるんです。

そのラジオ、ＡＭのラジオの音というのが、振り返ってみるとこれがすごくいいんですよ。

もちろん音質とかの話じゃなくて、その空気感ってのかな。なんか生活感があって親しみやすい。横文字の発音とか混ぜてカッコつけてるようなしゃべりと違って、日本語の温度感があって。
最近、そのAMのラジオの音って、今自分がいる演芸の音、そして都々逸の音にすごく似ている感じがするんですよね、なんでだろうなぁ。

音で聴く言葉って、ホントいいんです。

落語だって文字で読むだけじゃ面白くないでしょ?
都々逸もやっぱり同じ。
同じ言葉でも同じじゃない。人の心が出てくる。
そこがすごくいいんです。

こんなこと言いつつ、その都々逸の本を文字で書いている紫文…。

生意気なようですが、野暮は承知ということで…。

その参
都々逸はいから編

言葉遊びの極みを楽しみましょう

遠く離れて　会いたい時は
月が鏡に　なればよい

それにしても都々逸にはよく月が出てきます。そう考えると、やはり都々逸には夜が似合う。イメージも健康的じゃないし。

そしてその唄をのせる三味線にも夜が似合う。やはり健康的じゃあないなあ。

考えても見てください、三味線って輝く太陽の下で弾くものですかあ？

「川」という字は　そりゃ後のこと
せめて「り」の字に　寝てみたい

夫婦と子供ひとりで仲良く寝ている様を「川の字に寝る」と表現しますが、それは三人いないとはじまらない。まずは「り」の字になってから真ん中を作る作業が必要です、はい。

二人だけだと「り」の字じゃなく、人によっちゃあ「い」の字だろうとの御意見もありますが…。

とにかく「ほ」の字になって、「り」の字となり、そして「川」の字へ。

これが日本式恋愛三段活用。

夫婦喧嘩は　三日の月よ
一夜一夜に　まるくなる

夫婦の機微を描いた都々逸もたくさんありますが、これはその代表作。

でも、丸くなる前にしばらく角があるような…。

この方程式を当てはめたとしても、十数日経つと逆に月は欠けてきて、一夜一夜にカドが立ってくることになるんだし…。

なんて屁理屈《へりくつ》かな。

夫婦喧嘩の顛末を外れた襖《ふすま》に例える人がおりますが。

そのココロは、「ハメりゃ直る」んだとか…。

色の恋のと　さてやかましい
人のせぬこと　するじゃなし

若者の色恋の事になると、親や周りの大人ってのはどうもいけない。

どうのこうの言ったって、もちろん当の親たちだって同じ事やってきたわけで。しかもいくつになっても「色の」「恋の」が大好きなのにねえ。

どうせなら、「人のせぬことしてみたい」。

惚れさせ上手な　あなたのくせに
あきらめさすのは　下手な方

都々逸はお座敷で流行っていたものだと感じさせる都々逸ですよね、これは。かつて一世を風靡《ふうび》した柳家三亀松《やなぎやみきまつ》師匠のやる都々逸のイメージもここらへんです。年配の方からすると、こういうのが都々逸らしい都々逸なんじゃないかな。お座敷と三亀松師匠、これが「いかにも」都々逸らしい、「色っぽい」都々逸、というところでしょう。

浮き名立ちゃ　それも困るし　世間の人に
知らせないのも　惜しい仲

そういうものって、絶対バレちゃいけないと事と思いつつも、誰かに言いたい。だから信頼できる友人に「誰にも言わないでね」と言って伝える。

その信頼できる友人が「誰にも言わないでね」と言ってまたその信頼できる友人に伝える。そしていつのまにか、「信頼できる友人以外は誰も知らない」と思っているのは本人達だけ、という「誰でも知ってる」仲になる。

火のない所に　煙はたたぬ　立てなきゃ立たない　その噂

立てるって何を…?!

惚れた証拠に　あなたの癖が
みんな私の　癖になる

他人の癖なんて、マネしようにも上手く出来ないのに、惚れた相手の癖ってのは気づかぬうちに自分の癖になってしまう。

ま、そういうものでしょう、仲良い証拠。

いつのまにか割れ鍋にとじ蓋。二人が合えばいいんだから…。

ただ癖ってのは、良いものより悪いものの方がうつるってのが常識。

あなたがポン引きなら、私は万引き。って違いますよね…。

苦労する身は　何いとわねど
苦労しがいの　あるように

惚れるってのはこういうものですよ。と、言いたいのだけれど、こういうものですなんてのは、もう昔の事なのかもしれません。落語や時代劇などによく出てくる口説き文句は「俺と一緒に苦労してくれねえか？」。

ところが近頃の口説き文句は「君を幸せにするよ」。

なんの根拠があってそんなこと言えるんでしょうかねえ。

なにか行き違いがあれば「あんたはあたしを幸せにするって言ったじゃない」となるのは必然。なんでそんな言葉尻をとられるようなこと言うのか、紫文にはわかりません…。

ま、最近は、結婚することを「ゴールイン」と言うようになって、（晴れの）「門出」

と言わなくなった。

自分たちでそこが「ゴール」と言ってるんだから、それでいいのか…。

枯れているよな　すすきの穂でも
キラキラ光る　月の下

月の下ならすすきの穂も輝くように、相性が合う相手といれば女性は美しく輝く。また何にもまして、お互いなくてはならない連れ合い同士は、それなりに絵になるもの。

言わば「竹に雀」「梅に鶯《うぐいす》」、「紅葉《もみじ》に鹿」「柳にカエル」「松に鶴」でもあり……、え、これは花札だって？

だって「月にススキ」は花札ですよ。じゃあ「月とスッポン」は……?!

あなたにかけた　私の人生
かけたんだもの　割り切れる

世の中には打算という言葉があって、損得を見積もることになるわけですが、この都々逸の場合は、どうなんでしょう。

ま、かけているうちはいいけど、足したり引いたりあまり細かい事をやってると、割り切れなくなりますから、御注意を。

クラプトンに演歌弾けとは言わんでしょ？

都々逸を唄うのに必要なのが三味線。

「何!?　都々逸なんて三味線なくたっていいんだよ。鼻唄くらいが調子良く唄えるんだ」なんてお遊びをわかっているお兄さんたちに言われそうですが、なんたって紫文は三味線弾きだからね。こだわる。

三味線があるからこその都々逸、でもあるんですから。

でも三味線がどうといっても、フツウの人は三味線なんてほとんど聴いたことないだろうし。

聴いたことあるっていっても最近は津軽三味線が多いのではないでしょうか。

時代劇のＢＧＭが津軽三味線なんてのもあるし?!

え、三味線なら津軽でも同じだろうって？

違いますよ。

同じっていえば同じ三味線だけど、違う三味線です。

だからやってるのは同じ三味線音楽だけど、違う三味線音楽。

ギター使っていてもロックとフラメンコは違うでしょ⁉

同じギター音楽ではあるが、違う音楽でしょ、って。

三味線も同じ。

だいいち、江戸と津軽は違う国なんだし。

でも弾いてると時々言われます。

「津軽三味線の、ええと、なんだっけ？　そうそうじょんがら、それ弾いてよ」って…。

さも、あたりまえのように…。

外国から来たフラメンコのギタリストに、湯の街エレジー弾いてよって、あたりまえのように言います？

言わないでしょ。

言ったら失礼だし、笑われる。

ま、そのくらいマイナーな楽器であり音楽ということなんだけど。

日本を代表する楽器なのに。悲しいなぁ…。

朝顔は　ばかな花だよ
根もない竹に
命までもと　からみつく

朝顔が竹垣にからまってるなんてのは夏の風物詩。

でもこれは「朝顔」と「竹垣」のことだけじゃもちろんありません。「朝顔」が「いい女」、「竹」は「男」、しかも「根もない」というところがミソ。朝顔は、根っこのない竹垣にはからみつくけど、根っこのある竹にはからみつかないですからね。

そういえば朝顔は、朝の日の光で開くと思ってましたが、そうじゃないんです。日が暮れてから十時間後に咲くんだとか。

清楚な顔した朝顔ですが、夜を感じて開く花だったんですね〜。

去年の今夜は　知らない同士
今年の今夜は　うちの人

去年は知らない人だったのに、今は私の旦那さま。「縁は異なもの味なもの」。ノロケと同時に、縁《えにし》、人生、そんなものが感じられる。

でも、時代の流れか、「だからどうしたの〜、なにがいいのかわからな〜い」って、若い人の中にはこのテの都々逸に共感してくれない人も多いんです。

なにしろ、「去年の今夜は知らない同士、だったんだけど〜、即結婚して〜、でも即別れちゃって〜、今年の今夜はもう他人で、バツイチで〜す！」だったり、「去年の今夜は知らない人と、今年の今夜も知らない人と、Hしてま〜す！」なんてのが今日この頃。

仕事だけでなく、恋もせわしく忙しい。

三味線の　三の糸ほど
苦労をさせて
いまさら切るとは　バチあたり

三味線のことなので、ちょっと説明させていただきます。

三味線の三本の糸の中で一番細い糸で、一番弾くことの多いのが「三の糸」。しかも使うことが多いから当然切れやすい。

というわけで三味線を女性に例えた都々逸です。

もともと三味線は女性的な楽器ですしね。フランス語ならきっと女性名詞でしょうね。

「三の糸のように苦労をさせておいて、いまさら（私との仲を）切るなんて、あなたって本当のバチあたり！」

もちろん最後の「バチあたり」の「罰」は、三味線を弾くときの「バチ（撥）」にかかっています。

はるばる来たぜ、三弦よ

三味線、もちろん日本を代表する楽器ではありますが、日本の多くの文物と同じように ルーツは実は中国。

十六世紀の戦国時代、織田信長が桶狭間の合戦で歴史の表舞台に現れた頃、この日本にやってきました。

江戸時代以降は歌舞伎からお座敷まで日本の音楽シーンになくてはならない楽器として君臨してきたのに、時は移り、今やマイナーな楽器の一つになってしまいました。

なんたってギターだよね、今は。

という紫文もガキの頃はギター弾いていたし。

元になった中国の楽器は三弦。これが琉球に渡って三線（さんしん）。それから日本に来て三味線。

中国ルーツの漢字文化圏で、中国にルーツを持つ楽器なのに何故か漢字の表記が違う。

え、見た感じが違うから、漢字も違う、って？

この中国の三弦、実は「さんしぇん」と読むんだそうです。

中国が「さんしぇん」、琉球が「さんしん」、日本が「しゃみせん」。

これでおわかりでしょう?

そうです「音」に当て字をしたもの。

するとこれを中国から琉球、日本に伝えた人は「漢字が書けなかった」⁉

書けなかったのではなくて書く必要がなかったんですよね、きっと。

はるばる海を渡って三弦を持ってきた商人(それとも船乗りかな?)と日本人が、

「これは我が国の『さんしぇん』という楽器です」

「おお、これは『さんしぇん』と言うのですか」

こんな会話があったのでは。

そして、これに当て字をした、それがこの「三線」と「三味線」。


ロマンだなあ…。

何のとりえもない人だけど 嘘がうまくて長続き

とりえがないのに、嘘をつくのが上手いから付き合いが長続きする、なるほどなるほど…。

でもちょっと変だなあ。

とりえがないと言うけど、嘘が上手いというのはすご～いとりえ。だいたいにおいて男は嘘が下手なんだから。

それでもちょっと変だなあ。

だってこの女性、嘘だって気づいているんだもの。

男の嘘が上手いと言える女の方が上手（うわて）だな……。

立てば芍薬　座れば牡丹
歩く姿は　百合の花

序章にも書きましたが、なんとこれは都々逸です。

意味はもうおわかりですね。いい女を花に例えている。

でも日本の美人の形容になんで芍薬が入るのか不思議。だって芍薬の花ってどんな花だかわからない人のほうが多いでしょう、特に男性は。

聞いた人がわからないものに例えても、例えたことにならないものねえ。

例えはわかりやすいのが一番です。


となると日本の女性を例えるとすれば、やはり日本を代表する花。そう、やはり桜、そして梅が出てこないと。桜なら「美人薄命」って感じがいいしねえ…。

ま、そんな屁理屈言ってたら、さすがは日本人、やはり女性を梅に桜に例えていました。

あまりにもあたりまえなことってのは気づかないモノなんですね。

ええと、

「梅干しババアに、姥桜」……。

いやよいやよと　いわれてやめる
そんなあなたが　もっといや

たしかに昔は「いやよいやよも好きのうち」って言いましたが、今はここが難しいところ。ひとつ間違うと、

いやよいやよと　いわれてやめぬ　そんなあなたが　ストーカー

なんて事に。気をつけましょう。

寝顔見たいと　口説いたくせに
なのに嘘つき　寝かせない

こういうものを女の「ノロケ」という。

寝顔見たいと　口説いたけれど　見なきゃよかった　ノーメイク

こういうものを男の「ホンネ」という。

愚痴も言うまい　悋気《りんき》もすまい
人の好く人　もつ果報

ま、こんな女性、ほとんどいませんよね、今じゃ。
いたら天然記念物。
そうそう、悋気とは「ヤキモチ」の意味なんですよ。

褒めて持ち上げ　お酒をついで
その気になる頃　水をさす

水をさされるような男に限って、自分を水もしたたるいい男だと思ってるなんてのがよくある話。

でもホントに好きなら水はささないでしょ、自分から火をつけるものね。

三線は味がないですねぇ。

中国が「さんしぇん」、琉球が「さんしん」、日本が「しゃみせん」。

実はこの三つの楽器、ルーツは同じだが名前だけでなく音楽としても共通点がないんです。

独自に発展した。

三弦を中国から持ってきたのはもちろん商人か船乗り。

音楽家がはるばる海を渡って持ってきたわけじゃない。

だから勝手に発達した。

日本では、当時の音楽家琵琶《びわ》法師なんて人達が弾いてみた。

だから日本の三味線だけが撥を使うということに。

ふつうに指で弾けば楽でいいのに、わざわざあんな大きなしゃもじみたいなもので弾くんだから出来るようになるまで大変。

琵琶法師が始めなければ三味線はもっと簡単に弾けたのにねぇ…。

でもこの三つの楽器を比べると、ホント日本の職人はすごい。

分解して持ち歩けるし、だからといって音が悪くなる訳じゃない。

ラインの美しさは抜群です！

先日、沖縄の三線を聴く機会があった。

「どうですか、三味線に比べて三線は？」

と先方から聞かれた。

「はっきり言って、味がないですね〜」

そういった瞬間、向こうの顔色が…。

「だって三味線というものは『味』があるが、三線は『味』がない」

すると向こうも「あ、シャレか」と思ってくれたが…。

洒落は言って良い時と悪い時がある。

時計の針さえ　重なる時が
あるのに寂しく　ひとり寝る

重なるったってねえ、時計の針じゃすぐ離れちゃうだろうって。「私の彼は病身（秒針）なので一瞬で終わっちゃうの、でも頑張ってくれるの」って感じかな…。
いつもコチコチ。

わたしゃあなたに　火事場の纏《まとい》
ふられながらも　熱くなる

ふられながらもあきらめるどころかさらに熱くなる、これはなかなか大したもの。
燃え切らないで「くすぶって」「まといついて」、いるよりいいでしょ。
こんな醒めた時代だからこそ、こんな一本気な熱い女がいてほしいねえ。

うちの布団は　燃えてもいいの　いくら燃えても　水入らず

燃やしましょう！

あの虫は　粋な虫だよ　螢じゃないか
忍ぶ恋路の　道照らす

情けないですが、今じゃ新派とか芝居の中でしか、もうこの情景は見られないでしょうねえ。

残念ながら、今は忍び逢うのにもたいてい道は明るいし、螢の飛んでるところなんて、よっぽどの山里でないとありえないでしょうし。

螢の見えるところで忍び逢うなんて、そのまま心中でもするんじゃないかというシチュエーションくらいしかありませんからねえ。

表向きでは　切れたと言えど
陰でつながる　蓮の糸

人でなくても、機械でもなんでも見えない裏の方が複雑。

表だけで決めつけないでもっと「ハス」に構えてモノを見るようにしましょう。

上を思えば　限りがないと
下を見て咲く　百合の花

ウ～ン、そうなのかなぁ。

「立てば芍薬　座れば牡丹　歩く姿は　百合の花」というように、百合は美人の代名詞。

下を見て咲くといっても百合はもともと大きくて背が高いから、実はたいていの花を見下ろしているわけで。

見下ろしているのじゃなくて、見下しているのかも知れないし。

どちらにしてもたいていの花は、美しいりっぱな百合を見上げてるんじゃないかな。

三味線は日本の音の象徴です。

とにかく三味線です。
美しい楽器です。
長い歴史の中で多くの職人、演奏者が磨き上げた形。
「美しいニッポン」というのはこういうものをさすのですよ、ねえ。

せっかくだから三味線の部分の名称、覚えてください。
いわゆるギターでいうネックの部分が棹（さお）。
そしてその端の頭の部分が天神。
そこについている三本の棒が糸巻き。

皮が張ってある四角い太鼓状の部分が胴（どう）。
ギターでいうボディです。
皮はもちろん猫。
だけど、犬の皮もよく使われています。
胴の上に糸がかかっている部分、ギターのブリッジに当たるところが駒。

糸は絹で出来ているんだけど、最近は合成繊維、ナイロンとかテトロンの糸もある。プロはほとんど使わないけど、一番切れやすい三の糸だけ合成繊維ってのが増えてるらしい。糸は太い糸が一の糸、真ん中が二の糸、一番細い糸が三の糸。数え方がギターと逆です。

そしてそれを撥（ばち）で弾くわけです。（唯一、小唄だけは爪弾きで撥を使いませんが…）

実に簡単な説明ですが、皆さんおわかりになりましたか？

それではおさらい。

落語に「三味線栗毛」という噺がありますがこれはその最後、オチの部分です。

酒井雅楽頭（うたのかみ）が愛馬に「三味線」という名前をつけた。

家来の錦木がなぜ「三味線」などという名前をつけたのかと問うと、

雅楽頭「三味線ではいかんと申すのか？
しかし、そら、三味線には駒（＝馬）というものがあるではないか。
乗らぬときはひかせもするし、停めるときにはドウドウと申すぞ」
錦　木「いや、それでも合点がまいりません」
雅楽頭「余の名前を忘れたか、余の名前は酒井、雅楽頭であるぞ。雅楽（うた）が
乗るから三味線じゃ」
錦　木「では我々家来供が乗りましては？」
雅楽頭「バチがあたる！」

その四

都々逸おおトリ編

ここまで読んだら免許皆伝？

こうしてこうすりゃこうなるものと知りつつこうしてこうなった

これぞ最高の都々逸、「THE 都々逸」です！

具体的に何も言ってないのにすべての人に「なるほど」と思わせるところがすごい！

聞いた人それぞれが自分のことに合わせて考えることができる「万能的」なところがすごい！

聞いた人がそれぞれ違うことを考えているのに、お互いに顔をあわせて「そうだよな」と納得しあえるのがすごい！

決して外国語に訳せないので「日本人しかわからない」のがすごい！

はっきりと言わないからこそ広がる世界もあることを教えてくれる、極め付けの都々逸。

人の知らない　苦労もあれば
人の知らない　楽しみも

夫婦には、他人にはわからない苦労なんて山ほどある。もっとも、同時に、他人にはわからない夫婦の楽しいこともちろんある訳で。

貧乏で苦労しているのに、その「楽しみ」の結果、子だくさんになり、あげくにもっと「苦労」したりもする。そしてその「苦労」もまた「楽しみ」で暮らしてる…。いろいろありますねえ。

時に、「あの夫婦、なにが良くてくっついてるのか」と言われるようなご夫婦がいますが、実のところ「二人でくっついているのが良くて、くっついてる二人」ってこともあるわけで。

湯たんぽが　布団の中から転がり落ちて冷たくなってる…久しぶり

わからない人が多いんです、この都々逸。「なぜ湯たんぽが布団から転がり落ちたのか」、肝心のとこがわからないんですね。

「わかった！　寝相が悪いんだ」と、野暮を通り越してオチを付けている人も結構いたりして、ええ困ったもんです。

正しい解釈はこうです。

寒いから普段は湯たんぽを使ってる。なのに今日は湯たんぽを布団から蹴りだしてしまった。熱があるわけではない。湯たんぽがいらない他の事情がある。

それが「久しぶり」。

まだわからない、って?

それは、今日は暖めてくれる相手がいるから。で、その状況が「久しぶり」なわけです。

でも「久しぶり」に来るような男は、元来、冷たい、ってことなんじゃないか?

何事も　なかったような　顔して帰る
白い化粧の　朝の月

美しい女性が、逢い引きをした朝、化粧を直してそそとした顔で帰る。
こんな艶っぽい情景と、セクシャルな朝の月をかけてるわけですが、このパターン、
浮気の後というのが…、まあ確率的に高そうで…、どう思います?

酒の相手に　遊びの相手
苦労しとげて　茶の相手

お前百まで　わしゃ九十九まで　ともに白髪が　はえるまで

なんて有名なものもありますが、はじめの都々逸のほうが遊び心があって素敵かな。

もっとも、私としては七十でも、いくつになっても、女性をナンパしてるような爺さんでいたいんですけどね。

今宵限りを　重ねたふたり
今宵限りが　今宵まで

今は「不倫」なんて言葉で言われるけど、つまらない言い方ですよね、直接的で。昔言った「道ならぬ関係」とかのほうがいいねえ。

そんな「今宵限り」の恋を重ね重ねて「今宵まで」に、ってわけだけど、結局、ずっと続いて「今宵限り」が「ヨイヨイ」になるまで…。

それもまたいい…。

雪の化粧は　さらりとやめて
素肌自慢の　夏の富士

「夏の富士　近くで見れば　ゴミだらけ」。

ゴミのおかげで世界遺産を逃してしまったという富士の山。

素肌はどうもねえ〜、なんといっても「歳が歳」だし……。

たとえ美しい富士でもほどほどに化粧はして欲しいなあ、ねえ皆さん。

出会い頭に　頭と頭
あ、いたかった　目に涙

わかりますよね、「逢いたかった」と「あ、痛かった」のダジャレ。

それに「頭と頭」は「アタマとアタマ」で「カシラとカシラ」じゃありませんよ。頭（カシラ）と頭、頭同士がぶつかったりしたらそりゃもう大変な喧嘩になりますから。え、アタシは若いのでカシラがわからない!?

ヘッドですよ。ヘッドとヘッドのケンカですヨ。

だまってさせれば　へそまで濡らす
いたずら坊やの　水遊び

いいじゃないですか水遊びで、火遊びじゃないから。

坊やのうちから火遊びじゃあねえ、ガキの頃からイロばかりじゃ、ハなしにもならない。

この膝は　あなたに貸す膝
あなたの膝は
わたしが泣くとき　借りる膝

これはこれで四畳半的情緒いっぱいで「色っぽい」けど、これって今の女性から見たら、
男の都合のいい「よわ〜い女」なんでしょうね。

紫文's コラム

あんこ入り都々逸

両国の　橋の上にて　納豆屋さんが転び
怪我もなければ　なっともない

この都々逸を、そう、今から二十五年位前だったかなあ、芸者さん上がりの長唄の師匠がこんな風に唄った。

〽**両国の　橋の上にて　納豆屋さんが転び**
「もし納豆屋さん、怪我はなくて？」
「ええ、おかげさまで」
〽**怪我もなければ　なっともない**

これが「あんこ入り都々逸」。

都々逸の中にセリフや別の唄などを入れる。

唄の中にセリフなど挟んだりすると「あんこ入り」といいますが、それと同じ。

餅やまんじゅうの中にあんこが入っているのと同じなので「あんこ入り」ってなわけです。

〽黒猫と　白い猫とが　小屋根を伝い
「筑波《つくば》嶺《ね》の嶺《みね》より落つる男女《みなの》川」
〽恋ぞ積もりて　ブチとなる

このあんこはご存じ百人一首の「筑波嶺の嶺より　落つる男女川　恋ぞ積もりて淵《ふち》となりぬる」。

黒猫と白猫なら確かにブチになるわな…。

次は、歌舞伎十八番でおなじみ、長唄「勧進帳《かんじんちょう》」のあんこ入り都々逸。

〽十八番地と　聞いては来たが
「これやこの、往くもかえるも別れては
知るも知らぬも逢坂《おうさか》の」
〽肝心、丁目が　わからない

あんこの部分は長唄「勧進帳」の唄の文句。

勧進帳を知らない方はわかりにくいと思いますが、「肝心の丁目」で「勧進帳」が掛けてあるのさえわかっていただければ結構です。

長唄に限らず、芝居のセリフから義太夫《ぎだゆう》、常磐津《ときわづ》、清元《きよもと》、新内《しんない》、そして謡曲、詩吟《しぎん》、短歌、漢詩などたくさんのあんこ入り都々逸があります。

ただこういうものは、あんこの部分の唄やセリフなどを楽しむという、どちらかというと嗜好家向け。

それなりの素地がないとわからないですよね。

まずは都々逸にはこういうお遊びもある、ということをわかっていただければと。

〽**私の商売　八百屋でござる**
「**おい大根**（**でえこ**）**お前なんでそんなに泣いてるんだ？**」
「**親方、ちょっと聞いてくださんせなぁ。妾**《あたし》**や、牛蒡**（**ごんぼう**）**に犯されてこんな体になっちまったんだよ。**

毎日ぬかみそに飛び込もうか、みそ汁に身を投げようかと思っているのさ」
「そんなことなら心配するな」

〽そこのそば屋で　おろしてもらえ

ちょっと内容は…ですが、こういうものもあるということで。

〽不忍《しのばず》の　池のほとりを
「ぐるぐるぐるぐる、ぐるぐるぐるぐる、ぐるぐるぐるぐる、
ぐるぐるぐるぐる、ぐるぐるぐるぐる、ぐるぐるぐるぐる……」

〽廻って　くたびれた〜

お後がよろしいようで。

もちかけられても　乗れないものは
人の女房と　口車

だいたいこういうものは戒めみたいなもので、実際は乗りたい、っていうか、乗っちゃうものなんじゃないですかね～。
そのかわり「事故」に遭わないよう気をつけてください。

口づけ以上は　やっぱり怖い
ちょっと迷った　恋心

乙女心を唄ったものだけど、ねえ「乙女心」ですよ、「乙女心」。
言葉自体は残っているんだけど、そんな乙女が今どきどこにいるのか絶滅危惧種。
でも最近の若い娘も、やっぱり口づけ以上は怖いらしいですよ。

口づけ以上は　やっぱり怖い　お前の病気が　恐ろしい

なんて対の都々逸も。

ガキの頃から　イロハを習い
ハの字を忘れて　イロばかり

イロハじゃなくても、年をとればハ（歯）はなくなるし、ってそうじゃないです、はい。

これは都々逸でもいいけど民謡で唄うってのもいいんですよ。
「ハ〜どした〜」なんちゃって。

人並みだったら　よかったものを
馬並みだから　おこられた

艶笑都々逸、続きます。以前どっかで聞いた、当て馬の小咄《こばなし》。
当て馬ってのは可哀想な馬でして、雌馬をその気にさせるだけの役目。
いざ本番、という時は、血統のいい馬に交代させられて、やらせてもらえない。
昔、日本競馬会がその労に感謝し、当て馬に花束を贈呈したらしい。
「カラタチ」の花だったとか。

太え奴だと　言われるけれど
俺のはそんなに　太くねえ

女性のバストのように、普段から一目瞭然なら、自信も、あきらめもつくのでしょうけど。いざという時の事ですからねえ、なかなか比べる機会がない…。風俗あたりで誉められても「?」だしねえ。

聞くところによると、トイレットペーパーの芯の大きさが日本人の男性自身の平均サイズと同じだとのこと。知ってました？　という事は、芯に一物が入るようなら、かな…。

太え奴だと　言われるけれど　俺のは太え　だけじゃない

惚れちゃいるけど　言い出しにくい
先の手出しを　待つばかり

「好き」なんてのは本気になればなるほど自分から、ましてや女性からは言い出しにくい。だから男が「手出し」してくるのを待っている。

でもそうだと思って手を出そうとすると、セクハラなんて言われる時代。

男は以前にもまして手を出しにくい。

四角い火鉢を　間に置いて
まるくおさまる　夫婦仲

部屋には四角い火鉢だけ。もちろん部屋は四畳半かせいぜい六畳、そこに一組のおしどり夫婦。
それだけで十分、言葉は要らない日本の情景。

たとえ姑が　鬼でも蛇でも
主を育ての　親じゃもの

姑にも当たりハズレがありますよねえ。
姑がハズレ…。
シュートがハズレ…。
嫁と日本代表、共通の悩み…。

妻といるのは　易しいけれど
妻とするのは　むずかしい

そうですかあ、結局は妻とするのが一番易しいような気が。
そんなにモテますか、お父さん?!

明けの鐘　ゴーンと鳴る頃
三日月形の　櫛《くし》が落ちてる　四畳半

明け方、四畳半に櫛が落ちている。ただそれだけ、それだけしか言っていない。

だけど日本人はおりこうさんだから（それとも猜疑心が強いのか）、そういう風には思わない、深読みする。

「なぜ櫛が落ちているのか？」

俳句の世界と同じ、この都々逸。ひとつの物語が凝縮されている。

この櫛はなぜ落ちたのか、ってアナタ、ニュートンじゃないんだから。

かくして「落ちる」に至るストーリー、「男と女が夜中に展開していたある物語」が勝手に出来上がってしまう事になるわけです。

でも四畳半、ってのはすごい力のある言葉ですよね。

これ、四畳半じゃなかったら色っぽいこと想像できないんだから。

狭いじゃん！　なんて思っているようじゃ、子供です。

そして、この四畳半は部屋には物がないのが基本。

屏風《びょうぶ》、行灯《あんどん》、せいぜい火鉢、これが色っぽい。

今と違って部屋にテレビ、PC、ステレオ、ベッドなんぞない。
この感覚、若い人には通用しないかな…。

明けの鐘 ゴーンと鳴る頃 仲直りすれば
すねた時間が 惜しくなる

こういうグダグダしたことで無駄にした時間がたくさんあるよね。
男と女ってなんとかならないのかねえ、人生短いんだから。
源氏物語の時代から描かれているけど、みんな全然学習してないよね。
でもなんとかなっちゃうと、芝居も、小説も、映画もつまらなくなるんだろうなあ。

お尻に惹かれて　女房にしたが
今じゃお尻に　しかれてる

「座布団亭主」とでも名付けましょうか。

ほかの動物のオスというのは一般的にメスのお尻に惹かれるらしい。

お尻好きがオスの基本。

ところが人間の場合、顔や胸に比べると「お尻が好き」ってのは、少数派らしくて、人間はいろいろ好みがうるさい。顔、胸、尻、足に知性やもちろんアッチの相性もあるようで。

一回させろと　言ったは昔
一回きりねと　今言われ

年月が立場を逆転させる。でも女性は決してこういうことは言わないでくださいね、男はもっとダメになります。

男はメンツが大事、立場がなくなります。

それを「男が立たない」と申します。

とつぜん女房に　三《み》行半《くだりはん》を　出された私は　三こすり半

くだらない都々逸だねえ。

ご存じと思いますが、「三行半」ってのは、離縁の理由を三行半で書いたから。

昔は男からしか三行半を出せない、つまり離婚できなかったということで男尊女卑の最たるものといわれるけど、本当のところはだいぶ違うらしい。

女房に男ができて亭主と別れたいという時でも「俺が別れてやるんだ」という建前、体面で男が書く。

「退職届」と同じで「なんで俺が責任とるんだ冗談じゃねえ」なんて思っていても「一身上の都合」って事と同じなのでしょうね。

退職届が「一身上の都合」じゃあ、「三こすり半」は「下半身上の都合」!?

夜くらい　しっかりしてよと
言われるけれど
そうそう燃えない　粗大ゴミ

「粗大ゴミ」という言葉も、もうほとんど死語ですよね。昼だって一所懸命頑張ってるのに、悲しいねえ。そうそう燃えるエネルギーは残ってない。それに家は安らぎの場所なんだから、そんなこと言ってお父さんを脅かしちゃいけないよ。

家じゃ燃えぬが　外なら燃える　ちゃんと出します　週二回

父さん外なら燃えるゴミ。

久しぶりだよ　一番しよう
早く出しなよ　将棋盤

都々逸を知っている人には、おなじみといえる艶笑都々逸なのですが、さすがに「将棋盤」というオチや「一番しよう」なんていう言いまわしが古すぎる。アノことを「一番しよう」なんて言わないものなあ。
将棋だけにちょっと「ふ」に落ちない、なんてね。

じらさないでよ　もう待てないわ　早くさしてよ　次の手を

将棋ならこっちの方がいいでしょ。

ちょっと痛いが　何度かすれば
楽にはいるよ　コンタクト

コンタクトは男と同じで、ハードもあれば、ソフトもある。

コンタクトは男と同じで、長く持つのもあれば、使い捨てもある。

コンタクトは入りにくい時は、なめてから入れる。（かあ？）

こんな共通点があるなんて、目からうろこ、じゃなくて目からコンタクトが…って何の共通点なんだ⁉

逢えば笑うて　別れにゃ泣いて
噂聞いては　腹立てる

笑ってばかりじゃバカだし、泣いてばかりじゃまた困る、腹立ててばかりじゃどうしようもない。
でもフツウでしょ。恋ってそんなもんでしょ。

浮いた同士と　言われるはずよ
涼み舟から　できた仲

俳句には季語がある。逆を言えば季語を入れないと俳句じゃないわけで。

都々逸は、というと季語なんぞはいらない。基本は七七七五、勝手に七七七五。だけど季節感があると、やはり都々逸にも風情がますよね。

ただ「涼み舟」で「できた」なんて、風情のあるシチュエーションなんて今どき、どだい無理な話。

今ならどんな場面なんだろう?

逢えば花火に　なりそなふたり　こらえこらえて　まだ他人

花火に例えるのがなんといっても素敵でしょ、これ。

逢えば花火のようにパッと一気に爆発してしまう。堰《せき》が切れたらもう止め処がなくなるのはわかっている二人。
堰が切れれば洪水。洪水は、大人といえばとっても大人ですが、美しくないですね。
そうそう、花火が上がる時って抱きつくには一番のタイミングだよね。
みんなは花火を見てるから。と、話題を変える…。

人の畑と　知りつつ鍬を
入れて苦労の　種をまく

農作業の話ではありませんよ。
人の畑とはもちろん人の女、人妻の、…まあそういう事です。
その畑に種をまこうってのですから、こりゃあもちろん大変です。

あとあと色々なトラブルが、なにしろ種は種でもこれは火種ですから。
でも苦労が多いほど収穫の喜びが大きい、というのが世の常。
とはいえ人生無難に生きるには、自分の畑、家内だけにしておくのがまずは安心。
これが「家内安全」、です。

あきらめましたよ　どうあきらめた
あきらめきれぬと　あきらめた

こんな風にたたみかけて繰り返す面白さも、都々逸の真骨頂。

咲くが花かよ　咲かぬが花か
咲かぬつぼみの　うちが花

前の都々逸と同じだね、たたみかけ繰り返し都々逸の傑作。

女房にゃ言えない　仏ができて
秋の彼岸の　廻り道

いいですよね、これも。
絵が浮かんできますね。ミレーのような感じのセピア色の絵が。

「仏」は当然、訳ありの女性。しかも「秋の」ってとこがいい。

なんか、たどってきた年月、人の歴史を感じちゃうねえ。こういうのが、上出来と中出来の差になってくる。クオリティ高いなぁ。

雨の降るほど　噂はあれど
ただの一度も　濡れやせぬ

「濡れる」なんて言葉は、都々逸の世界じゃ、お馴染みのキーワード。

逆に、青空、太陽…なんて言葉はあまり出てきやしません。

三味線を片手に晴天下のハイキング、なんて想像しただけでも無理がある。なぜか、似合わない…。都々逸と三味線、不健康な唄と楽器ですね。

で、別バージョン。

夕立の　ざっと降るほど　浮名は立てど　ただの一度も　濡れやせぬ

惚れた数から　ふられた数を
引けば女房が　残るだけ

この引き算の妙味、いいですよね。

男ってのは、もてたの、やったの、ふられたの、なんて手合いの話でよく盛り上がるものですが、結局はこんなところでしょ、落ち着くのは女房。

残るだけ幸せ！　残らない男だってたくさんいるんだから。

紫文's コラム

『長谷川平蔵市中見廻り日記《はせがわへいぞう》』

火付け盗賊改め方の長谷川平蔵が、
いつものように両国橋《りょうごくばし》のたもとを歩いておりますと、
一日の商いが終わったであろう一人の薬売りが、足早に平蔵の脇を通り抜ける。
向かいからは水商売らしき一人の女。
この二人が橋の上ですれ違う、というその時。
薬売りの体が前のめりに崩れ落ちる……。

「もし薬売りさん、**怪我はなくて？」**

「ええ、おかげさまで」

「ちょうどよかったわ、**あたし最近よく眠れないんだけど、なんかよく眠れる薬ないかしら？」**

「姐《ねえ》さんすいませんね、**越中富山《えっちゅうとやま》の薬売り、眠り薬は扱わねえことになってるんで」**

〽**富山の薬は　起き薬**

これは紫文の当たりネタ「長谷川平蔵市中見廻り日記」、別名「鬼平半可通《おにへいはんかつう》」の一つ。

このパターンをいくつも繰り返すのが紫文の高座。が、このネタの元は実は都々逸なんです。

都々逸は面白いけれど、長い高座、ただ都々逸だけたくさん並べても物足りない。

なにか変化がほしい、それでこのあんこ入り都々逸を、これを演芸としてもっとおもしろくできないかと。

出来ればストーリーのあるものに、と思って出来上がったのがこれ。

火付け盗賊改め方の長谷川平蔵が、
いつものように両国橋のたもとを歩いておりますと、
一日の商いが終わったであろう一人の納豆屋が、足早に平蔵の脇を通り抜ける。
向かいからは水商売らしき一人の女。
この二人が橋の上ですれ違う、というその時。
納豆屋の体が前のめりに崩れ落ちる……。

「**もし納豆屋さん、怪我はなくて？**」

「ええ、おかげさまで」

〽**怪我もなければ、納豆もない**

もうおわかりと思いますが、これはあんこ入り都々逸のところで書いた、

両国の　橋の上にて　納豆屋さんが転び
「もし納豆屋さん怪我はなくて？」
〈怪我もなければ　なっとも（なんとも）ない

がネタの原点。

何故「長谷川平蔵」か、って？

この都々逸、場面が両国。

両国なら大好きな「鬼平犯科帳」、長谷川平蔵ではないかと。

そして平蔵でやってみたら、しっくりきた。はまったわけです。

よく言われるんです。売れたかったら長谷川平蔵よりメジャーな水戸黄門《みとこうもん》でやったほうがいい、と。

でもこれがもし水戸黄門だったらこういう展開にならないんです。

長谷川平蔵という沈着冷静な人物だから、事態の推移をじっと見守れる。

水戸黄門は違います。

納豆屋が転んだ瞬間、

「助《すけ》さん、助けてやりなさい」

と介入してくる。

水戸黄門の基本は「お節介」ですからねえ。そうなるとストーリーが変わってしまうわけです。

しかも水商売風の女といった瞬間に、お客さんの脳裏には由美かおるの顔が浮かんできてしまうし……。

そんなわけで出来たのが「長谷川平蔵市中見廻り日記」。

ではこのネタをもうひとつ。

火付け盗賊改め方の長谷川平蔵が、

いつものように両国橋のたもとを歩いておりますと、

一日の商いが終わったであろう一人のそば屋が、足早に平蔵の脇を通り抜ける。

向かいからは水商売らしき一人の女。

この二人が橋の上ですれ違う、というその時。

そば屋の体が前のめりに崩れ落ちる……。

「もしおそば屋さん、怪我はなくて？」

「ええ、おかげさまで…、お、お前は……おつゆ！」

雷《らい》の光で　逃げ込む蚊帳《かや》の　中でとられる　へその下

「蚊帳」って、今やわからないって人も多いでしょうね。「かちょう」とは読みませんよ〜、「かや」です。

「蚊帳」は、麻布で作った「蚊避け」。部屋内にめぐらす様に張ります。

この中にいれば蚊にさされなくて安全。

この「蚊帳」は雷避けにもなると言われ、雷が鳴ると逃げ込んだりしたものでした。

雷が鳴ったので「きゃーこわい、おへそを取られちゃう」と女性が蚊帳に逃げ込んだ。

蚊帳に入ったので雷は大丈夫、だからへそは取られなかったのだけど、その蚊帳の中でへその下を取られた、というわけ。

え、わからない？

蚊帳の中に謎の人物がいたんです。まあ、この人物は男。だから、飛んで火に入る夏の虫、ならぬ「飛んで蚊帳に入る夏女」。「ごちそうさま」と、その女性のへその下をいただいた、というわけ。

へその下ですよ、へその下…、わかったでしょ？

この都々逸、とても面白いし、大好きなんですけど、う～ん、どうなんでしょうか。これって目で読めばわかるけど、耳で聞くとわからないんですよね。都々逸は「音」で味わうものだから。

「らいのひかり」という音から「雷の光」と想像できないでしょう。まあ「らいのひかり」って一般的に言わないしね。

大好きな都々逸なんだけどなあ。

逃げたトンボが　また来てとまる
やっとおぼえた　竿の味

都々逸で「竿」といえば、もちろん「男の持ち物」というのが暗黙の了解。

となると、そこにとまるトンボはもちろん女。

池から出ている竿の先に赤トンボがとまってるなんてのは、日本の秋の風物詩ですが、この場合あえて言えば「風俗詩」、でしょうか。

逃げたトンボが　戻ってこない　いろいろおぼえた　竿の味

わたしの小舟に　あなたをのせて
いくもいかぬも　棹しだい

ここまでくればおわかりと思いますが、渡し舟と船頭さんの事ではありません。もちろん「棹」は男、そして「小舟」は女性というわけ。

ただ「小舟」なら結構なんですが、「大舟」なんてことになりますと、アタシの「棹」じゃどうにもならねえ、なんてモーターを補助に使うって事になりかねません。……ま、でも好みはいろいろ。「大舟」でも結構。

二階貸します　お望みならば
下も貸します　後家じゃもの

「後家」って言葉の意味、若い人わかりますか？

「未亡人」のことです、ってこの言い方も古いかなぁ。

旦那さんが死んでしまった女性、ということですが、「後家さん」というのは何故か「色っぽい」の代名詞になっている。

そして「何故か」、旦那がいなくなるときれいになる、ということになっているんです。

やはり女性はわからないものですねえ……。


また、こんなものも。

後家という字は　後ろの家よ　前の空き家は　俺に貸せ

前の都々逸は「下を」貸す、今度は「前の空き家」を貸す。
後家さんというのは、下にあったり、前にあったりするんでしょうか。

破れたパンツと　お寺の窓は
時々坊主が　顔を出す

最近はみんな育ちが良いせいか、子供の事を「坊主」と呼ばなくなったので、若い人はわかりにくいかも、ですね。
というわけで蛇足ですが「坊主」は「息子」のことです。

あなたに見せよと　着てきた着物
それをぬがすも　またあなた

「あれ〜、お殿様〜、ご無体な〜」なんていわせて帯を解くなんて、男なら一度はしてみたいもの。

ただ問題は、このぬがせた着物をまた着るのが大変だってこと。

ホテルなら一時間延長しないといけない、なんてことになりそうだし。

そうそう、ラブホは成人式の日はちゃんと着付師を用意していたりするらしい。

…あ、紫文は大丈夫です、着付けできますのでいつでもご用命を！

星の数ほど　女はいるが
星じゃ遠くて　届かない

そうです。周りを見れば星の数ほど、女性はいるのです。でもホント手が届かない。
「遠くて近くは男女の仲」というけれど、「近くて遠きは男女の仲」というのも現実。

ウメも嫌だわ　サクラも嫌よ
モモとモモとの　合いが良い

ところで桃といえば「桃から生まれた桃太郎」。
実はこの桃太郎、「桃」からではなく「モモとモモの間の桃のようなところから生まれた」

から「桃太郎」だという話もあるようでして。

昔話ってホントは怖かったり、人生訓だったり、大人への入口なんですよね。

金も出来たし　着物も出来た
そろそろあなたと　別れよか

古典的な都々逸ですが、男と女の間ではいつの時代でも通用します。

ただ、この手の女性というのは昔は特別な女性でしたが、今はシロウトの女性もあり。

今だったら「お金も出来たし、シャネルにヴィトンももらっちゃった」とか、バブリーな相手ならこれにもれなく「マンション」が付いてきたりして。そこに「他に新しい男」が出来たところで「さようなら」。

女心と秋の空、相手の男にアキが来た……。

恋にゃ印紙も　判子もいらぬ
指切りひとつで　できる仲

恋はもちろん、お互いの気持ちがすべて。判子を押したって、気持ちが離れりゃ意味がない。だから約束といったって、指を切るだけで十分。

ただあくまで気持ちだから別れるのも簡単。

別れるのは「手を切る」というくらいで、指からちょっと先にいくだけですから。

女一人に　男が六人
だれが乗るのか　宝船

女一人は弁天様、七福神ということですね。
でも七福神でなくても、女性そのものが「宝船」。
沖縄では女性自身のことを「宝味」と言うらしいですし。
紫文も女性は宝だと思っています！

最後まで艶笑都々逸ではありますが、だいたい五穀豊穣《ほうじょう》、豊年満作、子孫繁栄、めでたい事はたいてい雌雄の交配に関係あるんですよ。

「花が開く」なんてのもそういうことでしょ、って⁉

そんなわけでめでたし、めでたし。

解説

なぎら健壱

紫文さんを初めて目にしたのは二年前ほど前だったろうか、ソファーに横になりテレビのある演芸番組を何気なく見ていたときのことであった。何気であるからして、スッと流してしまうところであるはずなのだが、あたしは気がつくと、居を正して画面を見据えていた。出し物は『長谷川平蔵…』であった。

初めて目にする芸人だったが、まず形（なり）のよさに「ほほ～っ」と感心をさせられた。次に楚々《そそ》とした芸の様子、三味線の音色、間をとるときの目配せに思わず「へぇ～、一体誰だい、この芸人は？」という声が出た。

久しぶりに粋で、様子のいい江戸前の芸を見せられた思いであった。

ところで、この人は一体誰だ、誰なんだ？　実はその番組、途中から見ていたもので名前が判らなかったのだ。

知りたい。いや、知らなきゃならん。そこには、演芸通を自認している自分が、この人の存在を知らなかったという悔しさもあったのだ。

知り合いの噺家に電話をして、名前を知った。柳家紫文という。紫文……ああ、紫朝《しちょう》さんのお弟子さんかい。師匠の顔を思い出したら、紫文さんの素晴らしさが納得できた。

今度はどうしても連絡をとりたい。ネット上で紫文さんのサイトを発見し、メールを出した。『実は私、なぎら健壱と申しまして……』。

すぐさまに返事が届き、しばらく文通（？）が続いた。やがて、「どこかで会いましょう」となり、そんなに日が経たないうちに、あたしのライブにやって来てくれた。しかし全く初対面という感じはなく、まるで旧知の仲のように語り合ったのを覚えている。

私服だったせいもあろうが、高座の紫文さんとはうって変わって、「え！　こんな普通の人だったっけか？　もっと落ち着いた人だと思っていたのに……」。

画面での印象はもっと年がいっているように感じたし、普段は寡黙《かもく》であろうにという勝手な印象とはかなり違っていた。

しかし、これって芸人にとっては結構なことなんですよ。芸があればこそ、普段の姿とのギャップを感じさせなければならない。昨今、いかに普段と変らない芸人の多いことか……晴れの舞台で華を咲かせなきゃ芸人としての意味がない。

さて、この一冊は、紫文さんが高座の顔で書いた都々逸の本である。だからして、面白くない訳がない。

都々逸には元来、ふたつのタイプがある。すぐにくすりと笑えるやつ（ゲラゲラはいけません）と、う〜んと感心して頷《うなず》くやつだ。本書には、紫文さんの目で、そんなふたつのタイプが頃合いよく散りばめられている。そして、高座同様、紫文さんの軽妙な語り口の解説が付いている。

高座の芸は、特に都々逸は間が大切である。それを如何に読ませるか、楚々とした江戸前の芸がどれだけ通じるか、難しいところであろう。しかし、少なくともアタシには通じた。しかるに面白かった。この本を読んだ方は、きっとあたしと同様に、紫文さんと都々逸、両方の粋の真髄を味わっていただけたことだろう。

最後に提案だが、都々逸部分を読む時は、なるべく声に出した方がいいと思う。本来なら節をつけたいが、それは難しいだろうから、せめて声に出してもらいたい。素で読むよりも、その方が都々逸の心、ぐっと迫ってくるはずである。お試しあれ。

まあ、紫文さん本人の口調で、自分の声に出せれば最高なんですがね……それが無理なら、紫文さんを少しでも思い出して読んでご覧なさいよ……ねっ、味わいが変るでしょ。

本書に掲載されている都々逸は、コメントに特に記述のあるものを除き、作者名を省略してあります。

都々逸の作者については、わからないものも多いため、自作も含めて省略した次第です。

また、都々逸の漢字・仮名表記は筆者の表現によるものです。

都々逸というものの性質上、伝聞などで覚えたものが多いため、元の表現とは異なる場合があることを御了承願います。(柳家紫文)

企画・構成／グラスオニオン　石山亮
協力／上野・鈴本演芸場

柳家紫文（やなぎや・しもん）

音曲師・邦楽演奏家。12月24日・群馬県高崎市生まれ。
常磐津三味線方として歌舞伎等に出演後、1995年に柳家紫朝の弟子となる。都内の寄席を中心に日本各地で活躍中。

紫文式《しもんしき》 都々逸《どどいつ》のススメ

2007年9月30日　第1刷発行
2013年4月16日　第5刷発行

著　者　柳家紫文《やなぎやしもん》

発行者　礒田憲治
発行所　株式会社集英社クリエイティブ
〒101-0051　東京都千代田区神田神保町2-23-1
電話　出版部　03-3239-3811
発売所　株式会社集英社
〒101-8050　東京都千代田区一ツ橋2-5-10
電話　販売部　03-3230-6393
読者係　03-3230-6080
印刷所　大日本印刷株式会社
製本所　加藤製本株式会社

定価はカバーに表示してあります。

ISBN978-4-420-31019-2 C0076
JASRAC 出 0711987-701